Debout, Belle au bois dormant!

SUE NICHOLSON

Illustrations de FLAVIA SORRENTINO

Texte français d'HÉLÈNE RIOUX

SCHOLASTIC

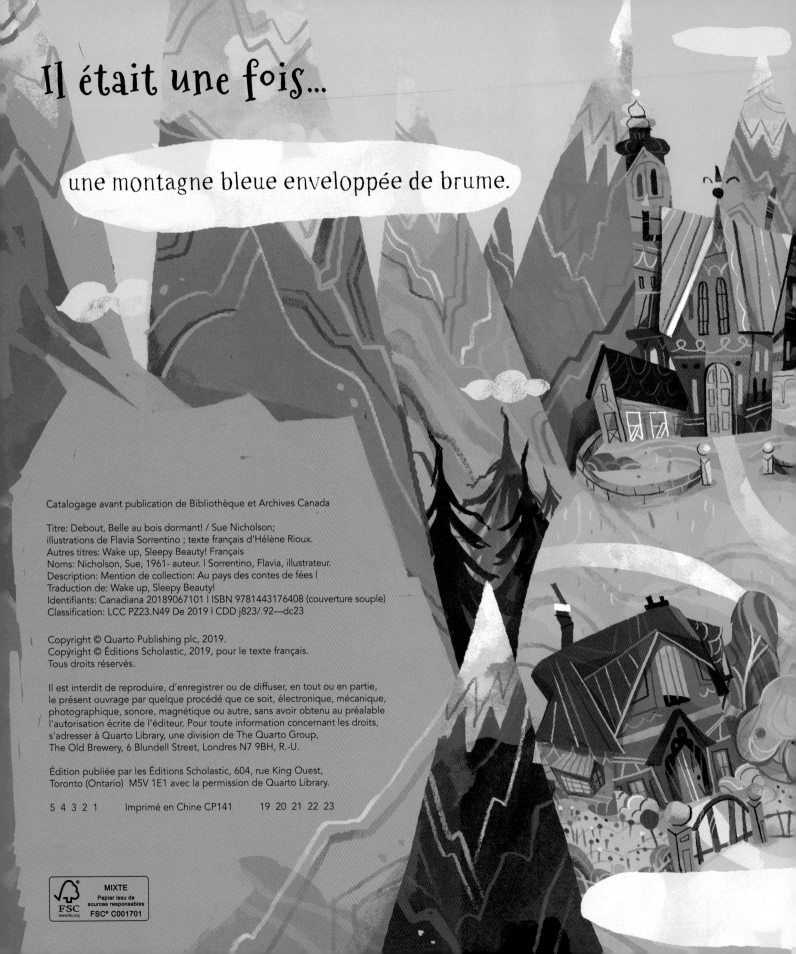

Il était une fois...

une montagne bleue enveloppée de brume.

Catalogage avant publication de Bibliothèque et Archives Canada

Titre: Debout, Belle au bois dormant! / Sue Nicholson;
illustrations de Flavia Sorrentino ; texte français d'Hélène Rioux.
Autres titres: Wake up, Sleepy Beauty! Français
Noms: Nicholson, Sue, 1961- auteur. I Sorrentino, Flavia, illustrateur.
Description: Mention de collection: Au pays des contes de fées I
Traduction de: Wake up, Sleepy Beauty!
Identifiants: Canadiana 20189067101 I ISBN 9781443176408 (couverture souple)
Classification: LCC PZ23.N49 De 2019 I CDD j823/.92—dc23

Édition publiée par les Éditions Scholastic, 604, rue King Ouest,
Toronto (Ontario) M5V 1E1 avec la permission de Quarto Library.

5 4 3 2 1   Imprimé en Chine CP141   19 20 21 22 23

Au pied de cette montagne bleue
enveloppée de brume se trouvent une
forêt sombre et sauvage, et un village.

ÉCOLE

Dans ce village, on peut voir un ruisseau, une mare aux
canards et un vieil arbre couvert de pommes rouges.
C'est là qu'habitent Belle et ses amis des contes de fées.

Belle vit avec son père et sa mère
dans la plus belle maison du village.

Belle est gentille, mais parfois,
elle est un peu paresseuse.

MON ANIMAL

PRÉFÉRÉ

Pour sa fête, Belle aimerait vraiment avoir un poney.
Mais ses parents hésitent.

— Avoir un poney représente
une GRANDE
responsabilité, disent-ils.

Tu auras BEAUCOUP
de travail. Tu devras le nourrir,
le brosser et nettoyer son écurie.

— Je me lèverai tôt pour m'occuper de lui,
répond Belle. Je le PROMETS!

Belle reçoit donc un poney en cadeau.
Il a le pelage brun et soyeux,
et une longue crinière souple.

Belle le nomme Éclair.

Au début, Belle tient
sa promesse.

Elle se lève de bon matin
pour remplir la mangeoire
de foin et verser de l'eau
fraîche dans l'abreuvoir.

Elle brosse le
pelage du poney
jusqu'à ce qu'il
brille.

Elle nettoie même
l'écurie sans rechigner.

Chaque soir, avant d'aller se coucher, Belle apporte au
poney sa friandise préférée : une belle pomme rouge.

Mais les parents de Belle avaient raison.
C'est une **GRANDE** responsabilité.
Et Belle a de moins en moins envie de
s'occuper de son poney.

Elle demande parfois à ses amis, Cendrillon,
Blanche-Neige et Jacques, de l'aider. Ils acceptent parfois.
Ils aiment Éclair, eux aussi.

Mais ils ont leurs propres tâches à effectuer.

Les semaines passent. Belle s'occupe de moins en moins d'Éclair.

— Vas-tu brosser Éclair aujourd'hui?
    lui demande sa mère.

— Bientôt, répond Belle en bâillant.

— As-tu nettoyé l'écurie d'Éclair?
    lui demande son père.

— Je le ferai ce soir, répond Belle.

Pauvre Éclair. Son écurie est sale et son pelage est plein de poussière et de brins de paille.

Éclair lève les yeux vers la fenêtre de Belle.
Il en a assez de vivre dans une écurie sale.
Il ne se rappelle pas la dernière fois que
Belle lui a apporté sa friandise préférée.

Éclair pousse la porte de l'écurie.
Belle a fait ses tâches tellement vite qu'elle
a oublié de fermer le loquet!

– **Debout,** Belle! crient ses parents le lendemain matin.

ÉCLAIR S'EST SAUVÉ!

ÉCLAIR

Belle saute de son lit et se précipite dehors.
– C'est ma faute, dit-elle en sanglotant devant l'écurie vide. J'aurais dû faire plus attention.

Belle se lance à la recherche de son poney, mais elle ne le trouve pas.

Belle est si inquiète qu'elle a du mal à dormir.

Elle va voir sa marraine Griselda.

— Je ne me suis pas bien occupée d'Éclair, lui dit-elle, et il est parti.

— Ne t'en fais pas trop, répond Griselda. Laisse une de ces pommes dehors pour lui.

Le soir venu, Belle dépose
une belle pomme rouge sur la clôture.
— Je suis désolée, Éclair, chuchote-t-elle.
S'il te plaît, reviens.

Et le lendemain matin...

Éclair est de retour!

– Éclair! s'écrie Belle en se jetant au cou de son poney.

Je te promets de ne plus jamais rester dans mon lit alors que je devrais être debout à prendre soin de toi.

Éclair hennit et frotte son nez
contre le visage de Belle.
Il est content d'être revenu...

surtout que, depuis ce jour,
Belle se lève toujours tôt pour s'occuper de lui...

et elle n'oublie **JAMAIS** de lui apporter sa friandise préférée!

Parlons du conte

Sujets de discussion

Parlez avec les enfants de la signification du mot « responsabilité ». Insistez sur l'importance de faire ce que nous sommes censés faire et d'accepter les résultats positifs ou négatifs de nos actes. Vous trouverez ci-dessous des sujets de discussion qui aideront les enfants à développer leur compréhension et leur esprit critique ainsi qu'à mieux comprendre le sens des responsabilités.

- Trouvez ce qui, dans le livre, montre que Belle est responsable. Quelles sont ses responsabilités? Que doit-elle faire? Demandez aux enfants :
  - Y a-t-il des choses dont vous êtes responsables à la maison?
  - Et à l'école?
  - D'après vous, quelles sont les responsabilités de l'enseignant?
- Que se passe-t-il quand Belle néglige ses responsabilités?
  - Y a-t-il des conséquences quand on néglige ses tâches?
- Après le retour d'Éclair, Belle se lève toujours tôt pour s'occuper de lui. À votre avis, comment se sent-elle en le voyant de retour?
  - Pourquoi est-ce important que tout le monde soit responsable?

Des graines à planter

Donnez à chacun des enfants un petit pot de yogourt blanc et vide, et des crayons de couleur afin qu'ils écrivent leurs noms sur le pot. Distribuez aussi un peu d'ouate, de l'eau et une cuillerée à thé de graines de cresson. Incitez les enfants à réfléchir à leurs responsabilités. Que devront-ils faire pour que les graines aient le plus de chances de pousser? (Par exemple, s'assurer que l'ouate est humide et que le petit pot est bien au chaud et exposé à la lumière.) Qu'arrivera-t-il s'ils négligent leurs responsabilités? Montrez-leur comment mettre la boule d'ouate dans le pot et y verser de l'eau avant d'en vaporiser sur les graines. Puis donnez à chacun des enfants une feuille de papier et demandez-leur d'écrire ce qu'ils ne doivent pas oublier pour faire pousser leurs graines.